DÉBORA,

TRAGEDIE

CHRÉTIENNE.

A PARIS.

M. DCCVI.

AVEC PERMISSION.

ACTEURS.

DÉBORA, Prophétesse. Juge d'Israël.

JAHEL, Fille d'Éliab.

BARAC, Chef de l'armée.

HABER, Chef des Cinéens.

ELIAB,
AMRAM, } Princes du peuple.

AXA, Fille d'Amram & femme de Sisara.

SISARA, Chef de l'armée des Cananéens.

ZÉLIDE, Confidente d'Axa.

SÉVÉI, Confident de Sisara.

GARDES.

La Scene est dans la Ville de Béthel dans le Palais des Princes du peuple.

DÉBORA,
TRAGEDIE.

ACTE I.

SCENE PREMIERE.
DÉBORA, ELIAB, AMRAM.
DÉBORA.

LEs éclairciffemens, Seigneur, font inu-
tiles,
Raffurez-vous tous deux, & demeurez
tranquilles,
Quelques maux, que par vous l'on m'ait fait ef-
fuyer,
Vous vous en repentez, je dois les oublier.
Ni la perte d'un rang qui depuis tant d'années,
M'égaloit en fplendeur aux teftes couronnées,

A

Ni deux ans de prison injuſtement ſoufferts,
Ne m'ont point fait haïr les auteurs de mes fers.
Aujourd'huy qu'Iſraël rentre ſous ma puiſſance,
Vous attaquez ma gloire en craignant ma ven-
    geance,
Qu'Eliab continuë à gouverner ſous moy,
Vous Amram, je remets Béthel ſous voſtre loy ;
Commandez dans ces murs, ſervez voſtre Patrie,
C'eſt peu de l'ordonner, Débora vous en prie,
Et par quelques affronts qu'on ait pû l'outrager,
Ce n'eſt qu'en pardonnant qu'elle ſçait ſe venger.

       E L I A B.

Tant de faveurs, Madame, ont droit de nous con-
    fondre,
J'en rougis ; cependant j'oſeray vous répondre,
Que noſtre repentir, autant que vos bienfaits,
Vous doivent de nos cœurs aſſûrer pour jamais ;
Que dis-je? nos malheurs ont trop ſçû nous inſtruire,
Tant que par vous le Ciel a daigné nous conduire.
Tranquilles au dedans, redoutez au dehors,
Du fier Cananéen nous bravions les efforts ;
Mais dés que voſtre perte à ſoüillé noſtre gloire,
Que de maux, que d'horreurs s'offrent à ma mé-
    moire !
On a vû les Hébreux à des Dieux impuiſſans,
Rendre un hommage impur, proſtituer l'encens,
Tout ce que d'un Tyran peut inventer la rage,

Les emprisonnemens, les tributs, l'esclavage,
Les supplices cruels, les affreux attentats,
La longue pauvreté pire que le trépas,
Enfin tous les malheurs que le Ciel redoutable,
Peut lancer quand il veut sur un peuple coupable,
Le Roy de Canaan nous les a fait souffrir :
Il veut n'en doutons point, nous faire tous périr,
Sisara contre nous, par son ordre s'avance,
Mais Israël en vous a mis son esperance ;
Détestant ses forfaits, abhorrant les faux Dieux,
Ce dernier coup de foudre à déssillé ses yeux ,
Nous attendons de vous la fin de tant de peines,
Nous rompons vos liens, vous briserez nos chaisnes,
Et le Dieu tout puissant qui nous daigne éclairer,
Conduira les desseins qu'il va vous inspirer.

DÉBORA.

Puisse-t-il exaucer vos soupirs & mes larmes ;
Contre son bras vengeur il n'est point d'autres ar-
    mes ,
Allez, & publiez qu'aujourd'huy dans Béthel,
J'ordonne qu'on observe un jeusne solemnel ;
A peine le Soleil commence sa carriere,
Que ce jour soit un jour de douleur, de priere ;
Mais par de vrais regrets, par de sinceres pleurs,
Que les fils de Jacob préviennent leurs malheurs :
D'un repentir forcé le Toutpuissant s'irrite,
On ne le trompe point par un zélé hypocrite,

Qu'ils quittent leur orgueil , & non leurs orne-
    ments ,
Qu'ils déchirent leurs cœurs & non leurs veste-
    ments ,
Sur tout, dit l'Eternel, fuyez un culte impie,
Et rompez tout commerce avec l'Idolatrie ;
Exterminez ces Dieux, l'ouvrage des mortels ,
Que les feux dévorants consument leurs Autels,
C'est l'encens que je veux, ce sont là mes victimes,
Et l'holaucauste seul qui peut purger vos crimes.

A M R A M.

Cet ordre me regarde, & je cours le remplir,
Madame, c'est à moy sans doute à l'accomplir,
Moy, par qui Sisara s'unissant à ma fille,
A mis l'Idolatrie en ma propre famille ;
Il faut qu'aux yeux de tous, réparant mes forfaits,
De ma juste douleur je montre des effets.
Si la fureur du peuple a pû s'estre trompée,
Si quelque Idole encor leur peut estre échappée,
Je vole sur leurs pas & vais la terrasser ,
Puissent de mon courroux nos Tyrans s'offenser,
Puissent-ils sur moy seul assouvir leurs vengeances,
Et puisse enfin ma mort expier mes offenses.

D E´ B O R A.

Ne craignez rien Amram, le Dieu qui vous con-
    duit ,
De cette noble ardeur vous prépare le fruit,

Allez. Vous Eliab, faites qu'en diligence,
Suivi de ses soldats, Barac icy s'avance.

ELIAB.

Vous le verrez bien-tost.

DÉBORA.

Faites haster ses pas ;
C'est de luy que dépend le sort de nos Estats.
Cependant vostre fille à ma tendresse est chere ;
Vous sçavez que toûjours je luy tins lieu de mere,
Ne puis-je la revoir ? n'est-elle plus icy ?

ELIAB.

Je cours exécuter vos ordres ; la voicy.

SCENE II.

DEBORA, JAHEL.

JAHEL.

PErmettez qu'à vos yeux toute ma joye éclatte,
Madame, en la cachant je croirois estre ingratte,
Daignez me pardonner ces tendres mouvements,
Et souffrez que je m'offre à vos embrassements.

DÉBORA.

Oüy ma fille, mon cœur auroit lieu de se plaindre,
Si le vostre à ma vûë avoit pû se contraindre :
Je vous aimay toûjours. Qu'au milieu de mes maux,
Vostre présence auroit adouci mes travaux !
Dans un séjour obscur, loin de vous renfermée,

De voftre fort en vain je me fuis informée,
Mes fens pour vous de crainte à toute heure agitez,
Je demandois au Ciel ces fublimes clartez
Qui fouvent dans le cours de ma gloire paffée,
Rendoient l'Eternité préfente à ma penfée.
Mais foit que l'Eternel, pour éprouver ma foy,
Ait voulu quelque temps fe retirer de moy,
Soit que profcrite alors par des fujets barbares,
Dieu ne veiiille accorder fes faveurs les plus rares,
Qu'à ceux qui des Eftats doivent porter le poids,
Je ne l'ay pû trouver attentif à ma voix.
Mais enfin dans ce jour à ma gloire renduë,
De ma chere Jahel je puis eftre entenduë,
Le genereux Haber n'eft donc plus parmi nous !
Pourquoy, depuis deux ans n'eft-il pas voftre époux ?
Petit fils de Jétro, de qui l'illuftre fille,
Unit par fon hymen Moïfe à fa famille,
Orné de cent vertus, chef d'un peuple nombreux,
Le culte & l'amitié l'uniffoit aux Hebreux.
A recevoir fa foy vous eftiez deftinée,
Qui peut avoir rompû cet illuftre hymenée ?
Nous fuit-il, n'eft-il plus fenfible à nos douleurs ?

JAHEL.

Pour en fçavoir la caufe apprenez nos malheurs.
A peine de l'Eftat vous oftant la conduite,
Nos Chefs ambitieux vous eurent-ils profcrite,
Qu'on obligea mon Pere à venir m'annoncer,

Qu'à l'hymen de Haber je devois renoncer.
Ma Fille, me dit-il, l'Estat veut que vous-mesme,
Vous éloigniez de vous un Prince qui vous aime :
Pour le faire partir sans soupçon de ces lieux,
Il faut paroistre ingrate & volage à ses yeux.
Je le fis : à son cœur j'ostai toute esperance,
Et bientoft irrité de mon indifference,
Il partit, & mena ses sujets Cinéens,
Dans les plaines d'Hébron prés des Cananéens ;
Leur Roi mit tous ses soins à gagner son estime,
Un traitté les unit ; mais il fut légitime,
Et Haber détestant leurs festes & leurs Dieux,
N'adora que celuy qui regne dans les Cieux.

DÉBORA.

Je connois ses vertus, & je lui rends justice,
Mais quel aveuglement, quel étrange caprice
A s'ofter un appuy, contraignoit les Hébreux !

JAHEL.

Le Roi de Canaan l'avoit exigé d'eux ;
Trop sûr de leur foiblesse, il leur ravit sans peine,
Un secours qu'ils pouvoient opposer à sa haine,
Et se donna par là l'affreuse liberté
De les opprimer tous avec impunité.
Cependant Sisara déguisant sa malice,
Et servant d'un Tyran la haine & l'injustice,
A nostre sainte Loi porta les derniers coups ;
Il vint, & demanda de s'allier à nous.

DEBORA,

Il me vit, je lui plûs, il osa me le dire:
Mais loin qu'à son hymen je voulusse souscrire,
Je ne montray pour luy que mépris & qu'horreur,
J'éteignis son amour, j'allumay sa fureur.
Sans doute il m'alloit perdre & toute ma famille,
Lors que du foible Amram l'ambitieuse fille
Axa voulut luy plaire, & briguant son amour,
A ses premiers desirs l'arracha sans retour.
Peut-estre en ce projet, par son Pere conduite,
Par l'espoir des grandeurs leur ame fut séduite;
Enfin, soit jalousie & vanité d'Axa,
Ambition d'Amram, dépit de Sisara,
Les enfans de Jacob virent leur sœur impie,
S'unir honteusement avec l'Idolatrie;
Et peu de tems après, ayant quitté ces lieux,
On sçût que la perfide adoroit les faux Dieux.
Vous sçavez tout le reste, & par quelles offenses,
Ce peuple de son Dieu s'attirant les vengeances,
A merité le joug dont il est opprimé.

DEBORA.

Hélas! peuple en effet indigne d'estre aimé,
Et toutefois, grand Dieu! c'est ce peuple rebelle,
Que jadis tu daignas conduire sous ton aîle;
Qu'un pain tombé du Ciel nourrit dans les deserts,
Pour qui ta main puissante ouvrit le sein des Mers,
Et qui vit autrefois sous son pouvoir supresme,
Les Rois humiliez courber leur Diadesme.

Rappelle, s'il se peut, tes premieres bontez,
Il gémit devant toi de ses iniquitez :
Ecoute ses soupirs, & pour ta propre gloire,
Montre que tes enfans sont chers à ta mémoire.
Tu m'exauces ; leurs cris désarment ton courroux,
Et mon cœur s'abandonne à l'espoir le plus doux.
Déja je vois Barac, l'Eternel me l'envoïe ;
Venez, approchez-vous.

SCENE III.

DE'BORA, JAHEL, BARAC.

BARAC.

Madame, quelle joye !
Je puis donc à la fin, malgré vos ennemis,
Vous revoir dans le rang où Dieu vous avoit mis.
Ce courage qu'en vain on se flattoit d'abbattre,
Triomphe maintenant, & n'a plus à combattre.
Quel transport pour un cœur charmé de vos vertus!
Le Ciel va relever nos peuples abbatus.
Cependant dans ces lieux l'épouvante est semée ;
Sisara vers ces murs fait marcher son armée ;
Que veut-il ? & qu'a-t-il à nous faire sçavoir ?
Pourquoy dans ce Palais veut-on le recevoir ?
On dit mesme qu'Axa sa détestable Epouse,
Du repos qui nous reste irritée & jalouse,

Enflâme contre nous ce lion rugiſſant,
Prévenons de tous deux le courroux menaçant.
Bientoſt ſur le Thabor dix mille Iſraëlites,
Vont eſtre ſecondez par nos ſacrez Levites,
Zabulon, Nephtali combattront avec eux ;
Raſſemblez dans Béthel les fidelles Hébreux ;
J'ay conduit avec moy mes plus braves cohortes,
Elles vous ſuffiront pour deffendre nos portes,
Tandis qu'ayant rejoint nos genereux ſoldats,
Fiers de vous obéir, ils viendront ſur mes pas.
Leur valeur vous répond d'un ſuccés favorable :
Depuis deux ans, fuïants cette ville coupable,
Ils ont tous à ma ſuite affronté les dangers,
Et ſouvent abbaiſſé l'orgueil des Etrangers.
Achevons aujourd'huy d'éteindre leur audace ;
L'Eternel vous rappelle, il veut nous faire grace,
Il s'armera, Madame, & ces audacieux,
Vont, comme une vapeur, diſparoiſtre à nos yeux.

DÉBORA.

Voſtre valeur, Barac, mérite qu'on la loüe ;
Tous vos projets ſont grands, la gloire les avoüe,
Mais ſouffrez pour un tems de les voir differer ;
Cette ville, il eſt vrai, vient de ſe déclarer,
Son repentir paroiſt, je voy quel eſt ſon zéle,
Mais peut-on ſe fier à ce peuple infidelle !
Un moment a produit ce changement heureux,
Un moment peut détruire & changer tous ſes vœux :

D'ailleurs dans un inſtant Siſara va paroiſtre,
Ecoutons-le,&ſachons ce que nous veut ſon maître.
Nous pouvons cependant préparer nos efforts,
Saiſiſſez-vous icy des poſtes les plus forts,
Que par un prompt avis, vos troupes appelées,
Sous les murs de Béthel ſe tiennent raſſemblées.
Du ſuccés de vos ſoins repoſez-vous ſur moy ;
Haber n'a point trahi ſes amis ni ſa foy,
Sans doute qu'à l'aſpect du coup qui nous menace...

B A R A C.

N'eſperez rien de lui ; tout a changé de face,
Des mépris de Jahel juſtement outragé,
Loin de nous ſecourir, il veut eſtre vengé.

J A H E L.

Quoy, Seigneur ! vous pouvez préſumer que ſon
　　ame,
A de laſches deſſeins ....

B A R A C.

　　　　　　Ce que je ſçay, Madame,
C'eſt qu'à nos ennemis il a preſté ſon bras,
Qu'il conduit contre nous douze mille ſoldats,
Que l'on voit ſes drapeaux menaçants cette terre,
Signes de ſa fureur, nous annoncer la guerre ;
Et qu'avec Siſara s'approchant de ces lieux,
Il va, comme ennemi, ſe montrer à vos yeux.

J A H E L.

O Ciel !

BARAC.

Ce coup, sans doute, estoit le plus à craindre,
Mais sans nous abbaisser laschement à nous plain-
　　dre,
Songeons que plus on cherche à nous persécuter,
Et plus nostre courage est en droit d'éclater.
La valeur que fait naistre, & que suit la fortune
Peut se trouver souvent dans une ame commune,
Elle doit sa grandeur à sa prosperité ;
Mais sçavoir soûtenir la triste adversité,
Affronter constamment la fortune infidelle,
Tirer de ses malheurs une audace nouvelle,
C'est de sa vertu seule emprunter sa splendeur,
Et posseder en soy la solide grandeur.
Cherchons à nous couvrir d'une gloire si rare ;
Quels que soient les revers que le sort nous pré-
　　pare,
Quelque nombreux que soient nos ennemis ja-
　　loux,
Marchons, & nous flattons de les confondre tous,
Nostre seule valeur peut haster leur ruine,
Non que dans mon projet, malgré vous je m'ob-
　　stine,
Un zéle impétueux ne sçait point m'éblouïr ;
Je n'aspire sous vous qu'à l'honneur d'obéir,
Je cours exécuter vos ordres avec joïe,
Et je répons de tout, sur celle qui m'envoïe.

D É B O-

D É B O R A.

Allez , Barac , le Ciel comblera noftre efpoir.

à Jahel.

Cependant à ce peuple allons nous faire voir ,
Allons par noftre éxemple encourager fon zéle ,
L'exhorter , l'enhardir à demeurer fidéle ,
Et mériter du Ciel , content de nos travaux ,
Le fruit de nos foupirs , & la fin de nos maux.

B

ACTE II.

SCENE PREMIERE.

JAHEL *seule*.

QUelle terreur s'éleve en mon ame agitée !
J'erre dans ce Palais, tremblante, épouvan-
tée ;
Sifara dans Béthel marche avec ses soldats,
Et sa perfide Epouse accompagne ses pas ;
Sur leur front ennemi la fureur est empreinte,
Que d'objets effrayants ! que de sujets de crainte !
Mais, ô comble d'ennuis ! nos plus chers alliez
Avec nos oppresseurs contre nous font liez.
A mes regards surpris Haber vient de paroître,
Je ne vois plus en luy qu'un ennemi, qu'un traî-
tre,
L'aurois-je pû penser ! celuy que parmi nous,
Le Ciel sembloit choisir pour estre mon Epoux,
Fait naistre le mépris & l'horreur dans mon ame,...
O Ciel ! il vient ; fuyons,

SCENE II.
JAHEL, HABER.
HABER.

Où fuyez-vous, Madame?
Eh quoy! Vous fuis-je donc à tel point odieux,
Que vous craigniez fur moy de détourner les
    yeux?

JAHEL.

Je fuy les ennemis de ma trifte Patrie,
Je fuy ceux dont le bras foutient l'idolatrie,
Qui de l'impieté fe montrent protecteurs,
Et que l'on voit unis à nos perfécuteurs.
Eh comment, fans frémir, foutenir voftre vüe!
Comment d'un faint courroux ne pas paroiftre
    émüe!
Ce n'eft plus cet Haber fi fidelle autrefois,
Qui des Dieux d'Ifraël reconnoiffoit les loix,
Qui confoloit Jacob de fa longue fouffrance,
Qui fembloit ranimer fa timide efpérance,
Quand avec les Hébreux cherchant à s'allier,
Par les nœuds de l'hymen, il vouloit s'y lier:
Ce n'eft plus ce guerrier dont l'ardeur éclatant
Sembloit nous affûrer d'une amitié conftante;
C'eft l'ennemi commun de noftre Nation,

Il se fait un honneur de nostre oppression ;
Son cœur, son cœur barbare avec joye envisage
La honte d'Israël, nos pleurs, nostre esclavage,
Il vient persécuter ses amis malheureux,
Les accabler, les perdre, & Jahel avec eux.

H A B E R.

Je viens vous accabler ! & vous le pouvez croire,
Madame ! vous croyez que trahissant ma gloire,
D'une aveugle fureur indignement épris,
Je veux faire aux Hébreux expier vos mépris.
Hé bien, connoissez donc ma véritable offense :
Oüy, de tous mes malheurs je viens tirer ven-
  geance ;
Sisara vers Béthel a conduit ses soldats,
J'ay parlé, j'ay brigué de marcher sur ses pas ;
Douze mille des miens ont grossi son armée,
Sur Israël, sur vous la foudre est allumée,
J'ignore les projets qu'on va faire éclater,
Mais vostre Nation a tout à redouter.
En cet estat, Madame, & sans nulle espérance,
Je viens contre un Tyran prendre vostre deffense ;
Mes troupes & mon bras, je viens tout vous of-
  frir ;
En servant les Hébreux périr, s'il faut périr,
Du cruel Sisara prévenir l'artifice,
Et contraignant Jahel à me rendre justice ;
Heureux de la servir, la prier, pour tout prix,

D'accepter mon secours contre ses ennemis.

JAHEL.

Seigneur, auec raison, je reste confonduë,
Et ma juste surprise éclate à vostre vûë;
Mon cœur, je l'avoûay, contre vous prévenu,
S'est montré trop crédule & vous a mal connu,
D'une injuste vengeance il vous a crû capable,
Et je me trouve heureuse en le trouvant coupable;
Continüez, Seigneur, dans ce noble dessein;
Le Ciel l'a fait, sans doute, éclorre en vostre sein,
De nos liberateurs suivez les dignes traces,
Cherchez, comme eux, l'honneur de finir nos dis-
     graces;
Josüé, Siméon, Aod, Othoniel,
Tous ceux qu'en nos besoins, nous suscita le Ciel,
Vous montrent à l'envy cette illustre carriere;
Ils guideront vos pas, marchez à leur lumiere....

HABER.

Madame, tant d'honneurs sont au-dessus de moy:
Je viens pour vous prouver ma constance & ma
     foy,
Quoique de Sisara puisse tenter la haine,
Nous préviendrons ses coups, n'en soyez point en
     peine;
Je cours à vostre Pere, & je vais l'informer
Du généreux motif qui m'oblige à m'armer,
Et mériter enfin, par l'ardeur qui m'anime,

L'amitié des Hébreux, Madame, & voftre eftime ;
C'eft tout ce que je cherche : adieu.

J A H E L feule.

Ciel ! qu'aujourd'huy
Ta fureur fe déploye & fur nous & fur luy.

S C E N E III.

D E' B O R A, J A H E L, B A R A C.

D E' B O R A.

JE vous cherchois, Jahel, je voulois vous ap-
       prendre,
Qu'enfin dans ce Palais Sifara va fe rendre,
Qu'il va nous découvrir fes nouveaux attentats :
Mais avez-vous, Barac, raffemblé vos foldats ?

B A R A C.

Vos ordres font fuivis, déja prés de trois mille
Occupent les endroits les plus forts de la Ville,
Et prefte de remplir vos projets glorieux,
Noftre armée à grand pas s'avance vers ces lieux.
Celle des ennemis, en nombre formidable,
Aux fables de la Mer femble eftre comparable,
Dix mille Chars, dit-on, dans leurs camp difperfez,
Sont d'un fer meurtrier tout autour hériffez.
Quel triomphe pour nous, quelle gloire s'apprefte ;
Hâtons-nous cependant, prévenons la tempefte,
Campez prés de Cifon, limites d'Ifraël,

Une heure leur suffit pour fondre sur Béthel.

DE'BORA.

Un moment suffira, Barac, pour les confondre,
Et le Ciel à nos cris se dispose à répondre.
Tels estoient d'Amalec les escadrons nombreux,
Quand Moïse jadis priant pour les Hébreux,
Vit du peuple de Dieu la fureur vengeresse,
Eteindre dans un jour la race pécheresse.
Le mesme Dieu mettra la victoire en nos mains.

JAHEL.

N'en doutez point, Madame, il conduit vos des-
    seins,
Déja pour affermir nostre foible espérance,
Un secours imprévû vient....

DE'BORA.

               Sisara s'avance ;
Dieu d'Abraham, confonds nos ennemis jaloux.

SCENE IV.

DE'BORA, JAHEL, BARAC, SISARA, ELIAB, AMRAM, SE'VE'I.

SISARA à Amram.

OUy, Seigneur, j'ay sujet de me plaindre de
    vous ;
Tandis que sur vos soins mon Maistre se repose,

Vous abdiquez un rang dont luy ſeul il diſpoſe ;
Quand aprés mon hymen, j'abandonnay Béthel,
Eliab, avec vous, gouvernoit Iſraël ;
Par moy, tout fléchiſſoit ſous vos ordres ſuprê-
       mes,
Et je vous voy tous deux dégradez par vous-mê-
       mes.
De cet auguſte Eſtat, qui vous a fait ſortir ?
Vous Seigneur ! vous deviez du moins m'en aver-
       tir ;
Vous dont, avec raiſon, j'aurois eû lieu d'attendre
L'amitié qu'un Beaupere a promiſe à ſon Gendre :
Mais enfin, quel motif vous a donc avilis ?
Quel fruit de voſtre honte avez-vous recüeillis ?

A M R A M.

Nous en tirons, Seigneur, une ſolide gloire,
Dont le juſte avenir gardera la mémoire.
Pour moi, je reconnoy qu'en ce rang glorieux,
Un Démon ennemi m'avoit fermé les yeux ;
Aveuglé par l'erreur, ma lâche complaiſance
A laiſſé de Jacob corrompre l'innocence ;
J'ay ſouffert, qu'embraſſant un culte criminel,
Ce peuple ait violé la Loy de l'Eternel,
Je l'ay livré moy-meſme aux vengeances céleſtes ;
Mais j'en ay reſſenti les coups les plus funeſtes ;
J'ay ſçû, ce ſouvenir m'arrache encor des pleurs,
Que ma Fille inſenſible à nos cruels malheurs,

Des peuples contre nous échauffe la furie,
Et professe & soutient la fiere Idolatrie :
En cet estat, Seigneur, aux pleurs abandonné,
A de justes remors, pour jamais condamné.
Puis-je conduire encor un peuple misérable,
Qui, peut-estre, me doit le malheur qui l'accable !
Quand ma Fille . . . .

SISARA.

Seigneur, si pour servir nos Dieux,
Axa quitte celuy qu'on adore en ces lieux,
Mes ordres ne l'ont point forcée à cet hommage ;
Voyez-la, vous pourrez en sçavoir davantage,
Et si de sa conduite enfin vous vous plaignez,
Portez-luy vos chagrins, & me les épargnez.
Cependant, avant tout, Seigneur daignez m'in-
struire,
Du choix que les Hébreux ont fait pour vous con-
duire.
Quel est l'audacieux, sans l'ordre de mon Roy,
Qui s'est osé flatter de garder cet employ ?
Sçait-il bien, contre luy, quel orage s'appreste ?
Car enfin, quel qu'il soit, il y va de sa teste.

DE'BORA.

C'est donc moy, Sisara, que tu dois immoler ;
Mais ne te flatte point de me faire trembler,
Reconnoi Débora, c'est moy dont la disgrace,
Du Maistre que tu sers, a fait naistre l'audace ;

Apprens que ce pouvoir, ce rang qui m'estoit dû,
De la part des Hébreux vient de m'estre rendû;
Que s'il faut nous armer, malgré nostre impuis-
　　　sance,
Dieu sçaura de son peuple embrasser la deffense,
Et que plus d'une fois, relevant nostre sort,
Il nous a retirez des portes de la mort.

S I S A R A.

L'effet, à vostre espoir, pourra ne pas répondre
Madame; je ne veux qu'un mot pour vous confon-
　　　dre,
Pour mettre un juste frein à vostre ambition.
Dites, annoncez donc à vostre Nation,
Du Roy de Canaan, tel est l'ordre sévere.
Vos Juges, trop longtems, ont aigri ma colere;
Je suis de vos Estats le Seigneur & le Roy;
Vous n'aurez desormais d'autre Maistre que moy,
Je ne veux point d'égaux, & ne puis sans ombrage,
Mesme avec vostre Dieu, partager vostre hom-
　　　mage;
Son culte m'importune, il nourrit parmi vous
L'espoir séditieux de nous subjuguer tous;
Préparez-vous à voir vos Villes saccagées,
Vos trésors enlevez, vos moissons ravagées,
Tous vos Prestres proscrits, vos pompeux bâti-
　　　mens
Abbattus & brûlez jusqu'en leurs fondemens,

Si l'Autel de ce Dieu si prodigue en miracles,
Cette Arche où vous puisez vos frivolles oracles,
Tous vos Vases sacrez, Lampes & Cherubins,
Ne sont, avant trois jours, remis entre mes mains
Je suis las de souffrir des festes criminelles,
Qui, sous un faux prétexte, attroupent des rebelles
Et desormais enfin, je veux que sous les Cieux,
Rien ne vous soit sacré que mon Nom & mes
    Dieux.

JAHEL.

Juste Ciel !

ELIAB.

Quoy, Seigneur, quelle est donc nostre offense,
Pour avoir attiré cette horrible vengeance ?
Le Roy, de ses Traittez, ne se souvient-il plus ?

SISARA.

Seigneur, j'apporte icy ses ordres absolus ;
C'est à vous d'obeir : mais sachez davantage,
Que sans exception de rang, de sexe, d'âge,
Tous ceux qui de l'hymen n'ont point subi la Loy,
Marchent en Canaan, esclaves de mon Roy ;
Ainsi, dans l'avenir, si-tost qu'à la lumiere,
Vos enfans ouvriront leur débile paupiere,
Qu'ils soient dans nos Estats à l'instant amenez,
Aux travaux les plus vils, pour jamais condamnez.

BARAC.

Ciel ! peut-on nous couvrir de plus d'ignominie ?

Peut-on à cet excés pouffer la tyrannie ?
Et ne vaut-il pas mieux , en deffendant nos droits,
Les armes à la main , périr tous à la fois.

S I S A R A.

Et qui les deffendra ? vous ? vos troupes crainti-
     ves ,
Qu'on voit , depuis deux ans , errantes , fugitives,
Dans les antres obfcurs cacher leurs Etendarts ,
Et des monts efcarpez fe faire des ramparts !
Tremblez pour ces autheurs d'une infolente guerre,
Que mon Maiftre laffé de les voir fur la terre ,
Ne prononce l'Arreft de leur jufte trépas.

B A R A C.

Avant qu'on les vainquît , il faudroit des combats,
Seigneur , & voftre Roy , pour en prendre ven
     geance ,
Peut-eftre rifqueroit un peu plus qu'il ne penfe ,
Et quand à le combattre il voudra nous forcer,
La victoire , entre nous pourra bien balancer.

D E' B O R A.

Il n'eft point tems, Barac, de parler de Victoire,
Laiffons au Dieu du Ciel le foin de noftre gloire.
Allez , & que touchez des malheurs d'Ifraël ,
Les Princes des Tribus s'affemblent dans Béthel.
Sifara , dés ce jour , aura noftre réponfe ;
Cependant quels que foient les maux qu'il nous
     annonçe ,

                               J'ofe

J'ose icy l'assûrer, que contents de périr ;
Fidelles au seul Dieu qui va nous secourir,
Bien loin de nous soüiller par d'affreux sacrileges,
Nous prétendons garder nos Loix, nos Privileges,
Abolir des faux Dieux le culte détesté,
Et d'au milieu de nous chasser l'impieté ;
Qu'en vain, pour soûtenir ses profanes Idoles,
Il croit nous étonner de menaces frivoles,
Qu'on ne nous verra point trahir nostre devoir,
Voilà ce qu'à son Maistre il peut faire sçavoir.

    Elle sort avec Baras.

     S I S A R A.

Nous sçaurons abbaisser cette audace hautaine.

      E L I A B.

Et quel parti, Seigneur, voulez-vous que l'on
  prenne ?
On viendroit arracher nos enfans de nos bras,
On traisneroit Jahel captive en vos climats.

     S I S A R A.

Je vous plains ; mais Seigneur, par vostre obeïs-
  sance,
Détournez vos malheurs, meritez ma clémence ;
Allez : je veux icy parler à Sévéï ;
Laissez-nous seuls ensemble.

SCENE V,
SISARA, SE'VE'I,
SISARA.

EH bien ! suis-je obéi ?
SE'VE'Ï.

Par voftre ordre, Seigneur, quatre de nos cohortes,
Déja de cette Ville ont occupé deux portes ;
Une autre s'eſt rangée autour de ce Palais :
Mais l'on s'empreſſe mal à remplir vos ſouhaits ;
Les rebelles Hébreux contre nous ſe déclarent ;
Des poſtes les plus ſûrs avec ſoin ils s'emparent,
Leurs troupes ſous ces murs croiſſent à tous mo-
      mens.
SISARA.

Laiſſe-les s'occuper de ces vains mouvemens ;
Que feront-ils ? que peut leur fureur menaçante ?
Vils inſectes enflez d'une rage impuiſſante,
Qui pleins d'un vain orgüeil croyent pouvoir tout
      oſer,
Mais que le moindre coup ſuffit pour écraſer,
Un plus juſte ſujet tient mon ame allarmée ;
Croirois-tu, quand tu vois cette nombreuſe armée,
Qui vient pour abolir juſqu'au nom d'Iſraël,
Que je la fais marcher icy contre Jahel ?

SI'VE'Ï.

Quoy, Seigneur !

SISARA.

De tout tems tu m'as esté fidele ;
Et mes secrets desseins ont besoin de ton zéle ;
Ecoute, & de mon sort tu vas estre éclaircy.
Quand la premiere fois tu me suivis icy ,
Tu vis que de Jabel je briguay l'hymenée ,
Et que dans ses refus l'orgueilleuse obstinée ,
Osa, toujours constante à rejetter mes vœux ,
Refuser que l'hymen nous liast de ses nœuds.

SI'VE'Ï.

Oüy , Seigneur, & je crûs qu'une juste vengeance......

SISARA.

Jahel m'offensoit peu par son indifférence ;
Lors que je m'empressois de recevoir sa foy ,
Mon interest luy seul m'en imposoit la loy.
Ma fortune brillante & l'éclat de ma vie ,
Des grands de Canaan m'ont attiré l'envie ,
Mille ennemis puissans , à ma perte assidus ,
Auprés du Roy sans cesse en foule répandus ,
Cherchent avidement le secret de me nuire :
Quel que soit mon crédit, ils peuvent le détruire,
Et l'hymen de Jahel ajoutant à mes biens ,
Un païs, des trésors aussi grands que les miens ,
Rendoit à mes rivaux mon pouvoir formidable ,

Et pouvoit mefme au Roy me rendre redoutable ;
Mais alors, il falloit ménager les Hébreux ;
Amram luy-mefme alors s'oppofoit à mes vœux,
Chaque jour il m'offroit d'entrer dans fa famille,
Je le fis, & l'hymen me joignit à fa Fille.
Mais je connus bientoft qu'en m'alliant à luy,
Je n'avois embraffé qu'un foible & vain appuy ;
De mon premier projet la trop flatteufe amorce,
Ma fait céder enfin à l'efpoir d'un divorce ;
C'eft l'unique motif qui m'améne en ces lieux.

S E' V E' Ï.

Tout vous promet, Seigneur, un fuccés glorieux,
Ainfi ce jour qui voit nos peuples fous les armes,
Ce jour, pour les Hébreux, de frayeur & de lar-
  mes,
Va devenir un jour de joye & de plaifirs.

S I S A R A.

Du moins jufqu'à prefent, tout flatte mes defirs ;
J'ay feint auprés du Roy que ce peuple volage,
Cherchoit par la révolte à fortir d'efclavage,
Et pour faire avorter de coupables deffeins,
Il a mis fon pouvoir & fa foudre en mes mains ;
Ainfi, maiftre abfolu de la paix, de la guerre,
Je puis faire à mon gré le deftin de la terre.
On ne me verra point, par des foins impuiffans,
Redoubler de Jahel les mépris offenfans ;
Je viens le bras levé fur toute fa Patrie,

Prest, au premier refus, d'assouvir ma furie,
Contraindre l'insensible à recevoir ma foy,
Ou la rendre bientost, plus à plaindre que moy.

SÉVÉÏ.

Mais si de vos desseins, examinant la suite,
Le Roy peut démesler toute vostre conduite ;
S'il peut s'appercevoir que vos seuls interests,
Contre un peuple innocent arment tous ses sujets.

SISARA.

Tu me parle d'un Roy de qui la vigilance,
En tous lieux, quoy qu'absent, fait sentir sa pru-
 dence ;
Qui bornant le crédit qu'il donne à mes pareils,
Limitte leur pouvoir & pese leurs conseils,
Et qui par sa sagesse & son vaste génie,
Seul de tous ses Estats entretient l'harmonie.
Du Roy de Canaan apprens à juger mieux,
S'il agit, c'est par moy; s'il voit, c'est par mes yeux ;
Avant que mes rivaux dévoilant ma conduite,
Puissent de mes projets rendre son ame instruite,
J'espere, contre luy, me trouver assez fort,
Pour me mettre au-dessus des caprices du sort.
Je ne crains, Sévéï, qu'une seule disgrace,
Haber, le seul Haber dans ces lieux m'embarrasse,
Quels que soient les Traittez qui l'unissent à Nous,
Je ne sçaurois le voir qu'avec des yeux jaloux.

DE'BORA,

SE'VE'I.

Ses soldats pourroient-ils vous donner quelque om-
braige ?

SISARA.

De la foy de leur Chef nous avons un ostage ;
A son insçû , déja , pour en estre assuré ,
Du Fort de Betsara je me suis emparé ;
Mais autrefois flatté d'une douce espérance ,
On luy promit Jahel dés sa plus tendre enfance ,
Et quoi-que méprisé , trahi par les Hébreux ,
Peut-estre songe-t-il à renoüer ses nœuds.
Va le trouver , dis-luy que j'attens de son zelle ,
Qu'il m'aide à chastier cette race rebelle ;
Feins-luy tout ce païs en proye à mes soldats ,
Et Jahel en mes fers conduite en nos Estats ;
Fais-toi jour dans son cœur , voy si d'aucune crain-
te ,
Son ame à ce projet ne sera point atteinte ,
Tandis de mon costé , qu'allant trouver Jahel ,
Je vais mettre en ses mains le salut d'Israël ,
Et si dans ses refus l'orgüeilleuse s'obstine ,
Et d'elle & de son peuple achever la ruine.

ACTE III.

SCENE PREMIERE.

AXA, ZELIDE.

AXA.

SE'V x'i viendra-t-il ?

ZELIDE.

Vous l'allez bientoft voir,
Madame ; mais d'où vient un fi prompt defefpoir ?
Pour quels affreux malheurs, pour quels maux fans
remedes,
Appellez-vous les Dieux & la mort à voftre aide ?
Rien ne peut-il tarir la fource de vos pleurs ?

AXA.

Hélas !

ZELIDE.

Tout vous déplaift, tout accroift vos douleurs ;
Mais, Madame, ces lieux où vous priftes naiffance,
Ce féjour autrefois fi cher à voftre enfance,
Ne pourra-t-il . . . . .

A x A.

Ah ! cesse un discours odieux :
De quoy me parles-tu, Zélide ? de quels lieux ?
Si je devois revoir ma funeste Patrie,
Pourquoy les Dieux cruels m'ont-ils laissé la vie ?
Ou pourquoy foudroyant ces climats malheureux,
N'ont-ils pas écrasé le dernier des Hébreux ?

Z E'L I D E.

O Ciel ! qui peut contre eux allumer vostre haine ?

A x A.

Eh ! que verray-je icy qui n'aigrisse ma peine,
Qui n'irrite à la fois mes maux & ma fureur !
Un Peuple, une Famille à qui je fais horreur.
J'ay quitté, tu le sçais, le culte de leurs Peres,
J'ay bravé de leur Dieu les menaces séveres,
De la terre & du Ciel je me suis fait haïr,
Pour qui ? pour un Epoux qui cherche à me trahir.

Z E'L I D E.

Qui cherche à vous trahir ! luy ! vostre Epoux,
    Madame !

A x A.

Apprens, Zélide, apprens les troubles de mon ame ;
Voy si mon desespoir a de justes raisons ;
Du lâche Sisara je sçai les trahisons,
Sévéï m'a tout dit, la gloire ni le zéle
N'ont point contre Israël armé mon infidéle ;
Un projet criminel l'attirant dans ces lieux,

Luy fait tromper son Roy, son Epouse, ses Dieux,
Pour s'unir à Jahel par un honteux divorce,
Il vient mettre en usage & la ruse & la force,
Le barbare en ces lieux vient me sacrifier,
Enfin, Zélide, il vient pour me répudier.

ZÉLIDE.

Madame, je ne puis vous cacher ma surprise ;
Sisara formeroit cette indigne entreprise !

AXA.

C'est-là le prix affreux qu'il garde à mon amour ;
Mais si je suis à plaindre, il va l'estre à son tour,
Je ne le verray point s'unir à ce qu'il aime ;
J'immolerois plustost, luy, Jahel, & moy-même :
Je ne sçay point en paix essuyer des mépris,
Et rien ne peut changer le parti que j'ay pris ;
Si par mon traistre Epoux je me voy confon-
    duë,
Les assassins sont prests, ma rivale est perduë.
Tu frémis ? dans l'estat, Zélide, où je me voy,
Le crime est devenu nécessaire pour moy.
Mais Sévéï sert mal mon ame impatiente ;
Va le chercher, mon trouble à chaque instant aug-
    mente ;
Ses avis serviront à guider mon courroux,
Mais des bras plus hardis sçauront porter les coups.
Va, dis-je, & cache-luy l'excés de ma colere.

                              Zélide sort.

J'entens du bruit, on vient : Juste Ciel ! c'est mon
    Pere ;

Quel dessein me l'amene, & comment luy par-
    ler !

SCENE II.
AMRAM, AXA.
AMRAM.

MA Fille ; de ce nom puis-je vous appeller ?
Puis-je, quand vous suivez un culte déte-
    stable,

Reconnoître mon sang en le voyant coupable ?

Ou vous-mesme plutost, sensible à la pitié,

Pouvez-vous conserver pour moy quelque amitié ?

Venez-vous d'un Epoux seconder la furie ?

Et vois-je en vous ma Fille, ou bien mon ennemie ?

AXA.

Seigneur, soyez plus sûr de ma fidelité,

Et jugez de mon cœur avec plus de bonté ;

L'amour & le respect y regneront sans cesse.

AMRAM.

Sauvez donc les Hébreux du danger qui les presse ;

Bientost de ces climats, bannis, chargez de fers,

Nos Villes ne seront que d'horribles deserts,

Où l'avenir saisi d'horreur & d'épouvante,

Verra de nos malheurs une image effrayante :

Je n'ajoûteray point qu'au soldat furieux,
Ces maistres insolents vont livrer les saints Lieux ;
Dieu ne vous touche plus , & de vostre mémoire
Vous avez effacé ses bienfaits & sa gloire :
Mais de vostre païs considerez le sort ;
Tous les Hébreux, peut-estre , y vont trouver la
     mort :
Qui sçait de vostre Epoux où peut aller la rage !
Verrez-vous d'un œil sec cet horrible carnage ?
Abandonnerez-vous un peuple infortuné ,
A qui je dois le jour que je vous ay donné ?

A X A.

Et que puis-je Seigneur ? je ne voy qu'avec peine,
Les Hébreux implorer mon assistance vaine . . . . . .

A M R A M.

Ils ne l'implorent point, ne vous en flattez pas ;
Ils subiroient plutost le plus affreux trépas ,
Ennemis du parjure & de l'idolatrie ,
Ils croiroient se soüiller en vous devant la vie :
C'est moy dont les soupirs , peut-estre superflus ,
Ont bien voulu risquer la honte d'un refus ,
Moy, qui veux me flatter, que de nostre Loy sainte,
La lumiere chez vous n'est pas encor éteinte,
Que sensible , malgré vostre défertion ,
Vous gardez quelque amour pour vostre Nation ;
C'est donc moy qui vous viens solliciter pour elle ,
Appaisez d'un Epoux la colere cruelle . . . . .

A X A.

Ah ! Seigneur, cet Epoux, pour vous si rigoureux,
Est plus mon ennemi que celuy des Hébreux,
Il brise les liens de mon triste hymenée,
Il destine à Jahel la foy qu'il m'a donnée.

A M R A M.

Qui, luy, ma Fille, il cherche à vous manquer de
    foy !

A X A.

Que le Dieu d'Israël se vange bien de moy !
Du déplorable hymen qui me rend criminelle,
Je ne recüeilleray qu'une honte éternelle,
Qu'un souvenir affreux de mes lâches transports,
Enfin, que désespoir, qu'opprobre, & que remors.

A M R A M.

Ah, ma Fille ! malgré l'ennui qui nous accable,
Si vostre cœur pressé d'un remords véritable,
Des liens de l'erreur consentoit à sortir,
Que le mien béniroit cet heureux repentir ?
A l'affront qu'on vous fait je dois estre sensible,
Je le suis ; mais le Ciel à qui tout est possible,
Peut-estre avec rigueur ne vous rappelle à luy,
Que pour vous faire ensuite éprouver son appui.

A X A.

Quand il m'accableroit de malheurs plus funes-
    stes,
Je suis le digne objet des vengeances célestes,

                  Je ne

Je ne m'en plaindrois point ; mais, Seigneur, détournez

De semblables malheurs à Jahel destinez ;

Si je crains peu pour moy, je dois trembler pour
elle.

Traversez les projets que fait mon infidelle.....

A M R A M.

Des projets des méchants le succés est douteux,

Et souvent leurs conseils périssent avec eux.

Vous, ma Fille ! ajoutez l'effet à vos paroles ;

Oubliez, détestez les profanes Idoles :

Et toy, Dieu d'Israël ! si mes pleurs, si mes vœux

Peuvent faire éxaucer un Pere malheureux,

Rmene à ton troupeau cette brebis errante ;

Daigne prester la main aux efforts qu'elle tente ;

Je suis le seul auteur de son égarement,

Fais-en tomber sur moy le juste chatiment ;

Quelques maux effrayants que ton courroux m'en-
voye,

Frappe, mon Dieu ! j'attens le trépas avec joye ;

Rens ma Fille à ta Loy ; je beniray mon sort,

Si je puis obtenir son pardon par ma mort :

Mais, Axa, je croy voir que l'Eternel vous touche,

J'entens quelques soupirs sortir de vostre bouche ;

Vous pleurez : Ah, ma Fille ! en quel ravissement

Jettez-vous vostre Pere en cet heureux moment ?

D

N'en doutez point ; le Ciel vous fera fecourable ;
Il a jetté fur vous un regard favorable ;
De voftre traiftré Epoux les complots feront vains.
Mais comment & par qui fçavez-vous fes deffeins ?

A X A.

Touchez de mes malheurs, quelques amis fidelles
M'ont trop bien confirmé ces fatales nouvelles ;
Mais quoy que le cruel foit preft à me trahir,
A vos ordres, Seigneur, je confens d'obéir ;
En faveur des Hébreux j'oubliray mon injure ;
Pour eux, je tâcheray de fléchir mon parjure ;
Dans un inftant, peut-eftre, il va fe rendre icy,
Et de tout, par mes foins, vous ferez éclairci ;
Mais fur tout, que Jahel s'éloigne, quelle fuye,
Sa gloire eft en péril, & peut-eftre fa vie.

A M R A M.

Je vais en informer la fage Débora.
Il faut, dans fes deffeins, prévenir Sifara ....
J'entens quelqu'un. Au nom de cet amour de Pere,
Qui toûjours à mon cœur a fçû vous rendre chere,
Ma Fille, reprenez noftre culte & nos Loix,
Vous ferez mon bonheur & le voftre à la fois,
Adieu,

SCENE III.

AXA, SE'VE'I.

Axa.

Ciel ! quelle joye à la mienne est égale ?
J'avois à mon perfide enlevé ma rivale :
Approche Sévéï, que viens-tu m'annoncer ?
Quel Arrest mon Epoux me doit-il prononcer ?
Que fait-il ? que dit-il ? quel parti puis-je prendre ?

Se've'ï.

Madame, je voudrois vous le pouvoir apprendre ;
Mais Sisara me suit, & va dans un moment
Entretenir Jahel dans cet appartement.

Axa.

Le parjure ! il va donc consommer ma disgrace ?

Se've'ï.

Je vous informeray de tout ce qui se passe ;
Esperez cependant ; Jahel ni les Hébreux
Ne sont point disposez à répondre à ses vœux ;
Aprés leur entretien, venez icy, Madame,
Essayer par vos pleurs à regagner son ame :
Mais jusqu'à ce moment....

Axa.

Il suffit, je t'entens,
Et je n'oubliray point ces avis importans ;
Je te laisse, il paroist.

D ij

S C E N E IV.

S I S A R A, S E V E Ï.

S E V E Ï.

SEigneur je viens d'apprendre,
Que Jahel, par voſtre ordre, en ce lieu va ſe rendre;
J'ay crû, qu'avant ce tems, vous voudriez ſçavoir
Les ſentiments qu'Haber vient de me faire voir.

S I S A R A.

Et bien ! s'apreſte-t-il à ſeconder ma haine ?

S E V E Ï.

Son ame m'a paruë inquiette, incertaine,
Son trouble le trahit ; il protege Jahel,
Et peut-eſtre qu'il vient ſecourir Iſraël.

S I S A R A.

Dis, qu'il vient le livrer à ma juſte vengeance.
Demeure : j'aperçois Eliab qui s'avance,
J'auray beſoin de toy ; ce dernier entretien
Va décider du ſort des Hébreux & du mien.

SCENE V.

JAHEL, SISARA, ELIAB, SE'VE'L.

SISARA à Eliab.

JE vous ay fait chercher, Seigneur : voftre Pa-
    trie
Auroit de mon armée affouvi la furie,
De vos Chefs infolens j'aurois brifé l'orgüeil,
Et changé ce païs en un vafte cercüeil,
Si, touché des malheurs d'une illuftre Famille,
Je ne voulois fauver Eliab & fa fille ;
Mais je fais plus encor ; quel que foit mon cour-
    roux,
Le falut d'Ifraël va dépendre de vous.

ELIAB.

De nous !

SISARA.

Le tems m'eft cher, Seigneur, daignez m'entendre,
Et prenez, s'il fe peut, le parti qu'il faut prendre.
Je remets en vos mains le foin de vos Eftats ;
Commandez, faites plus, régnez dans ces climats,
Roy des peuples Hébreux, ceignez le diadefme,
Mon Maiftre foutiendra voftre pouvoir fuprefme ;
Je n'éxige de vous qu'un gage folemnel
De la fidélité des Tribus d'Ifraël,

Jahel peut, dés ce jour, nous oster tout ombrage,
Oüy, Madame, arrachez vos Princes d'esclavage,
Sauvez-les, sauvez-vous, & recevez ma foy …
Cette offre ne doit point vous donner de l'effroy ;
Je répudie Axa, je vous mets en sa place,
Des rebelles Hébreux, je vous donne la grace ;
Venez en Canaan, & comblant mes souhaits,
Donnez à vostre peuple vne eternelle paix.

J A H E L.

Moy ! qu'attirant du Ciel la vengeance sévere,
Je reçoive de vous une main adultere !
Que mon cœur ….

S I S A R A.

Pesez mieux ce que je fais pour vous,
Madame, & vous prendrez des sentimens plus
doux.

E L I A B.

Seigneur, avec raison Jahel est étonnée ;
Elle voit tout l'honneur qui suit cet hymenée,
Mais nos austeres Loix ….

S I S A R A.

Foibles & vains discours !
Cessez de m'opposer de frivolles détours,
Des Loix, dont le pouvoir n'arreste & n'intimide
Que le peuple grossier, le vulgaire stupide ;
Méritez les bontez que je viens vous offrir,
N'irritez point la main qui veut vous secourir,

Et par d'ingrats refus, ne cherchez point la gloire,
A force de malheurs, d'illustrer vostre histoire.

J A H E L.

Seigneur je voy l'éclat du rang que vous m'offrez ;
Je voy d'ailleurs les maux qui nous sont préparez ;
Mais, quand le fruit qu'Axa recüeille de son crime,
Ne redoubleroit pas ma frayeur légitime,
Un profane étranger n'auroit jamais ma foy ;
Je n'écoute que Dieu, mon devoir & ma Loy,
Je vous l'ay déja dit.

S I S A R A.

            Mais songez-vous, Madame,
A la juste fureur oú vous portez mon ame ;
Qu'il est tems de finir vos superbes mépris,
Que de tous vos Hébreux la vie est à ce prix ?

J A H E L.

Des Hébreux opprimez la vie infortunée,
Est au Dieu toutpuissant qui la leur a donnée ;
Et vos jours & les leurs, sont dans ses seules mains,
Il confond d'un regard les projets des humains :
Ce Dieu, par une Loy, souveraine, eternelle,
Me deffend d'estre unie avec un infidelle,
Rien ne peut me contraindre à luy desobéir ?

S I S A R A.

Ah ! je sçay quel motif vous porte à me haïr ;
Ce n'est point vostre Dieu qui vous retient in-
     gratte !

L'efpoir d'un autre hymen vous raffure & vous
    flatte ;
Un orgüeilleux rival abufe de ma foy,
Il me trompe, il s'aprefte à triompher de moy ;
Mais quel que foit fon rang, quoy-qu'il puiffe, qu'il
    tremble,
Vous cherchez à périr, vous périrez enfemble ;
Je ne vous retiens plus, laiffez-moy dans ce lieu.

E L I A B.

Seigneur . . . .
            Allez tous deux confulter voftre Dieu.
Allez luy demander fa frivolle affiftance.

J A H E L.

Il entend vos difcours, il voit noftre innocence,
Sifara, vous bravez maintenant fon courroux,
Mais il fera le Juge entre fon peuple & vous.

E L I A B.

Allons ma Fille.

S I S A R A.

            Allez, portez-luy vos offrandes ;
Mais faites-le hafter d'éxaucer vos demandes,
Car mon courroux vengeur pourroit le prévenir.

                Eliab & Jahel fortent, &
                Sifara continuë à Sévéi.

Tu le vois, ma bonté n'a pû rien obtenir,
C'en eft fait, & mon cœur s'ouvre tout à la haine,
Il faut humilier l'orgüeil de l'inhumaine.

Je le puis, & sitost que la nuit paroistra,
Je la feray conduire au Fort de Betsara ;
C'est souffrir trop long-tems que l'ingratte me
    brave,
Elle eut fait mon bonheur, j'en feray mon esclave ;
Que la prochaine nuit, secondant ma fureur,
Soit une nuit de sang, de vengeance & d'horreur ;
Filles, femmes, enfans, que rien ne nous échappe ;
Que la mort en tous lieux les surprenne & les frap-
    pe . . . .
Mais Axa vient à nous ; va, pars, & sur tes pas,
Ramene de mon Camp douze mille soldats ;
Laisse-nous seuls, & cours où mon ordre t'en-
    voye.

SCENE VI.

SISARA, AXA.

AXA.

SEigneur, souffrez qu'enfin je vous montre ma
    joye ;
Permettez qu'au milieu de vos soins glorieux,
Vostre Epouse, un moment, se présente à vos yeux.
Quel transport de plaisir pour un cœur qui vous
    aime,
De voir, de contempler vostre grandeur suprême !

Vous estes de la terre, & l'amour, & l'effroy.
Les honneurs qu'on vous rend rejaillissent sur moy;
Mais quoique de bonheur & de gloire comblée,
Par de vives frayeurs ma fortune est troublée :
Vous levez sur ce peuple un redoutable bras,
A qui le Ciel remit le destin des combats ;
C'est mon peuple, Seigneur, pardonnez mes allar-
　　mes
Quelques sédit ieux que l'on voit sous les armes,
N'ont que trop merité vostre juste fureur ;
Mais quoy ! tous les Hébreux vous sont-ils en hor-
　　reur ?
N'en connoissez-vous point, à qui moins, impla-
　　cable,
Une tendre pitié vous rende favorable,
Et consentirez-vous que, sans exception,
On proscrive, en un jour, toute ma Nation ?

S I S A R A.

Cessez pour des ingrats de me demander grace,
Madame, leurs malheurs augmentent leur audace,
Ils me desavoüiroient si j'en avois pitié,
Ils se font un honneur de mon inimitié,
Qu'ils l'éprouvent ; c'est trop épargner qui m'of-
　　fense.

A x A.

J'ose attendre de vous un peu plus de clémence,
Oüy, Seigneur, je connois vostre cœur génereux ;

Vous n'aurez plus le front d'un vengeur rigou-
   reux,
Quand soumis, abbattus, les Chefs de la Patrie
Viendront vous suplier de les rendre à la vie,
Quand vêtus du cilice, & de cendre couverts,
Leurs sanglots, & leurs cris feront gémir les airs,
Enfin, quand vous verrez, tremblantes, conster-
   nées,
Les filles de Jacob à vos pieds prosternées,
Et Jahel, succombant à ses vives douleurs,
Embrasser vos genoux, arrosez de ses pleurs.

S I S A R A.

Et sur quoy jugez-vous, que facile à surprendre,
Aux larmes de Jahel mon cœur doive se rendre ?

A X A.

Toujours maistre de vous, je sçay que le devoir,
A seul sur vostre cœur, un absolu pouvoir ;
Toutefois pardonnez si d'une injuste crainte,
A vos yeux, malgré moy, j'ay pû paroistre at-
   teinte,
Quand des bruits outrageants par Jahel répandus,
Frappent de toutes parts mes esprits éperdus ;
Vostre vertu, Seigneur, il est vray, me rassure ;
Mais je ne puis souffrir qu'on vous fasse l'injure
De divulguer par tout, que le sort d'Israël
Est moins entre vos mains, qu'en celles de Jahel ;
Qu'un indigne projet en ces lieux vous rappelle ;

Qu'oubliant vos fermons, vous me quittez pour
    elle,
Qu'en vain, pour trouver grace auprés de mon
    Epoux,
Du Dieu de mes ayeux, Dieu terrible & jaloux,
Défertant les autels, méritant la colere,
Au mépris de ma Loy, ne cherchant qu'à vous
    plaire....

S I S A R A.

Pourquoy m'imputez-vous, Madame, un change-
    ment
Où je n'ay d'autre part que mon confentement ?
Déja plus d'une fois, me forçant au filence,
Vos reproches ont dû laffer ma complaifance.
Mes ordres vous ont-ils contrainte en voftre choix?
Vous ay-je commandé d'abandonner vos Loix ?

A x A.

O Ciel ! par ce difcours, que voulez-vous m'ap-
    prendre ?
Mon cœur faifi d'horreur, veut, & n'ofe l'enten-
    dre :
Vos regards, voftre trouble, augmentent mon ef-
    froy ....
Vous me quittez, Seigneur, je le fens, je le voy;
Ce Dieu dont j'ay pour vous recherché la colere,
Se fert, pour me frapper, de la main la plus chere :
Contre luy, contre vous, quel fera mon appuy ?

SISARA.

Qui vous empesche encor de retourner à luy ?
Madame : si vostre ame allarmée & crédule,
Se fait de nostre culte, un injuste scrupule,
Suivez l'erreur ; servez ce Dieu de vos ayeux,
Je ne vous retiens point.

AXA.

    Que je le serve ! O Dieux !
De quel front à l'Autel presentant des victimes,
Puis-je luy demander le pardon de mes crimes,
Quand plus coupable encor que je ne fus jamais,
Contre luy, pour vous seul, je forme des souhaits.
Ah ! j'éprouve du sort les coups les plus funestes ;
Exemple malheureux des vengeances célestes,
Rebut de l'univers, sans espoir, sans secours,
D'un opprobre éternel je voy couvrir mes jours :
De stériles regrets sans cesse déchirée,
Mon erreur s'offre en vain à mon ame égarée,
En vain à la quitter je voudrois consentir,
Je la voy, je la sens, & je n'en puis sortir.
Malheureuse ! Ainsi donc, c'est peu que ma Patrie
Ait sous un joug cruel, vû sa gloire flétrie,
C'est peu que dans ce jour, ces déplorables lieux,
Du sang de mes Parents soient baignez à mes yeux ;
Il faut ....

SISARA.

Quittez, Madame, une inutile plainte :

            E

Pour des peuples ingrats modérez voftre crainte,
Vos pleurs pour eux peut-eftre auront fçû m'at-
     tendrir.

A X A.

Ingrat ! rends-moy ton cœur, & fais-les tous périr,
Pour prix de ton amour, j'éprouveray ta rage,
J'iray, j'exciteray tes foldats au carnage,
Je rempliray, comme eux, tes projets inhumains,
J'armeray de flambeaux mes parricides mains ;
Infidéle à mon fang, barbare à ma Famille,
On verra des Hébreux la déteftable Fille,
Ravager ce païs, embrafer ces Palais,
Et mériter ton cœur par de nouveaux forfaits.
Rends-le moy donc ce cœur, le prix de tous mes cri-
     mes,
Ou joignant ton Epoufe à tant d'autres victimes,
Par un exemple affreux, enhardis tes foldats !
Vien, commence par moy d'enfanglanter ton bras ;
Si je ne puis, cruel, fléchir ta barbarie,
N'en as-tu point affez pour m'arracher la vie ?
Tu m'as rendu le jour pour jamais odieux....
Tu ne me répons rien ! tu détournes les yeux !

S I S A R A.

Vos maux ne feront pas fi grands que vous les fai-
     tes,
Madame, modérez la frayeur où vous eftes,
Et fur vous déformais faites quelques efforts,

Pour apprendre à calmer, ou taire vos transports ;
Peut-estre n'aurez-vous nul sujet de vous plaindre.
Mais quoy qu'il arrivât, sachez mieux vous con-
   traindre ;
Je ne puis vous donner de plus sages avis,
Adieu, Madame.

A Z A seule.

   Oüy, traistre ! ils vont estre suivis,
Je sçauray me contraindre : & puisque pour te plai-
   re,
Il faut que dans mon cœur j'enferme ma colére,
Tu ne le verras plus incertain, agité,
Je commettray le crime avec tranquillité :
A ton funeste hymen, si Jabel réservée,
N'est point par les Hébreux dés ce jour enlevée,
S'ils confirment les nœuds où tu veux l'engager,
Tremble ! le coup est prest ; sa mort va me venger.

ACTE IV.

SCENE PREMIERE.

DE'BORA, JAHEL, HABER, ELIAB.

DE'BORA à *Haber*.

Vostre amitié, Seigneur, à nos maux s'inté-
　　resse;
Laissons partir Jahel, il le faut, le tems presse;
Le traistre Sisara prest à nous l'enlever,
A l'esclavage, aux fers, pretend la réserver;
Prévenons ce malheur par une prompte fuite,
Dem... jusqu'en Silo par Eliab conduite,
Nostre ennemi verra ses projets avortez,
Et nos... mettre un frein à ses téméritez :
Cependant, suspendez un courroux légitime.

HABER.

Non, Madame, souffrez la fureur qui m'anime,
Souffrez qu'à Sisara je demande raison,
Et de son insolence, & de sa trahison;
Le perfide alloit donc vous prendre pour victimes,

Et se servir de moy pour assûrer ses crimes ?
Et que seroit-ce, ô Ciel ! si craintifs, ou séduits,
Sous son barbare joug, il vous avoit réduits ?
Je verrois donc Jahel, confuse, consternée,
Forcée à contracter un affreux hymenée ?
Moy-mesme j'en aurois tissu les tristes nœuds.

DEBORA.

Ainsi, Seigneur, le Ciel favorise vos vœux ;
Mais un plus grand motif doit guider vostre zéle ;
C'est le Dieu des Hébreux ; c'est sa gloire immor-
    téle,
C'est l'honneur de son Nom, & les maux d'Israël.

HABER.

Et bien : ne parlons plus de moi, ni de Jahel ;
C'est ce Dieu de Jacob seul maistre du tonnerre,
Qui change en un desert les fleuves de la terre,
Ce Dieu, qui d'un regard tarit les vastes mers,
Et peut dans le néant replonger l'univers ;
C'est luy qui me conduit, c'est par luy que je jure,
Au prix de tout mon sang de vanger vostre injure,
Et si vos ennemis par moy sont immolez,
Vous récompenserez mes soins, si vous voulez.

ELIAB.

Et moy, Seigneur, avant qu'une illustre victoire
Ait fini nos malheurs & comblé vostre gloire,
De vos bontez pour nous, & confus, & surpris,
Je veux à vostre zéle en assurer le prix.

E iij

L'honneur de voſtre choix tombe ſur ma Famille,
Noſtre libérateur veut l'eſtre de ma Fille ;
Soyez-le donc, Seigneur, je vous donne ſa foy,
Et je me lie à vous, & pour elle, & pour moy.

HABER.

Seigneur, je reçoy plus que je n'oſois attendre.

à Jabel.

C'eſt de vous déſormais que mon ſort va dépendre,
Madame.

JAHEL.

Je ne puis, Seigneur, faire un ſecret,
Qu'à cet ordre ſacré j'obéis ſans regret ;
Cependant à nos maux toujours livrez en proye,
Une crainte trop juſte empoiſonne ma joye ;
Car enfin dans quels lieux, dans quels tems ſom-
mes-nous ?
Quel orage nouveau vais-je amaſſer ſur vous ?
Noſtre ennemi frappé de ce nouvel outrage,
Va déployer ſur nous tout ce que peut ſa rage ;
Mais j'attens tout du Ciel preſt à nous ſecourir,
Et fidelle à ſes Loix, quand je devrois périr,
J'aimerois encor mieux, de ma gloire jalouſe,
Emporter au tombeau le nom de voſtre Epouſe,
Que de joüir des biens, qu'en vain pour me flat-
ter,
Une main ſacrilége oſe me preſenter.

HABER.

Le Dieu que nous servons va dissiper vos craintes.

DEBORA.

Oüy, Seigneur, oüy, ma Fille, il écoute nos
    plaintes ;
Qu'il unisse vos cœurs ! qu'il y verse à jamais
Une innocente joye, une céleste paix,
Et qu'un long avenir puisse voir d'âge en âge,
Renaistre en vostre sang un si noble courage ;
Mais avant qu'en un tems plus calme & plus heu-
    reux,
Le Pontife sacré vous unisse tous deux,
Songeons à prévenir les desseins d'un barbare.

HABER.

A punir son orgüeil déja tout se prépare ;
Tout mon Camp, comme moy, pour sa perte est
    armé,
Et de tous nos projets Barac est informé.
Il vient ; nous résoudrons le parti qu'il faut pren-
    dre.

SCENE II.

DEBORA, JAHEL, HABER, ELIAB, BARAC.

BARAC à Débora.

MAdame, il faut combattre, il n'est plus tems
        d'attendre . . . .
Sisara dans ces murs s'appreste à nous forcer,
On voit vers ce Palais ses troupes s'avancer;
Amram & ses soldats deffendront cette Ville,
Et peut-estre rendront son audace inutile;
Allons loin de Béthel luy donner d'autres soins;
Attaquons-le au moment qu'il y pense le moins;
Surprenons dans son Camp cette nombreuse ar-
        mée,
Et que des Cinéens la fureur allumée,
Faisant en mesme tems un généreux effort,
Porte dans tous les rangs la surprise & la mort.

DEBORA.

Oüy, Barac, il est tems de courir à la gloire;
Partez, Seigneur, volez tous deux à la Victoire;
Voicy ce que par moy dit le Saint d'Israël.
C'est enfin dans ce jour terrible & solemnel,
Que je vais écraser la teste de l'impie,
Et confondre les Dieux ausquels il se confie;

Courez anéantir nos ennemis jaloux ;
L'Ange exterminateur volera devant vous ;
A porter le trépas sa main est toute preste,
Suivez-le . . . . .

BARAC à *Haber*.

Faites plus ; marchez à nostre teste,
De vos guerriers, Seigneur, vous guiderez les pas,
Mais vous, venez Madame, animer nos soldats.
Déja plus d'une fois échauffant nostre zéle,
Vous nous avez couverts d'une gloire immortelle,
Nous avons, sous vos yeux, toûjours esté vain-
        queurs ;
Venez verser la joye & l'espoir dans nos cœurs :
Israël voit en vous son Ange tutélaire,
Par vous il va du Ciel appaiser la colere,
La victoire suivra vos auspices sacrez,
Et nous triompherons dés que vous paroistrez.

DEBORA.

Quoy Barac, vous voulez qu'un autre ait l'avan-
        tage,
De joüir des honneurs dûs à vostre courage ?

BARAC.

Les honneurs éclatans, les titres fastueux,
Que cherche avec ardeur un cœur présomptueux,
Ne sont point les motifs, vous le sçavez, Madame,
Qui depuis quarante ans ont fait agir mon ame ;
Mes refus des grandeurs m'ont trop justifié.

Qu'Israël soit vainqueur, que je sois oublié;
Sa gloire, & non la mienne, est mon unique en-
          vie;
Je luy sacrifieray mes intérests, ma vie,
Et je mourray content dans mon obscurité,
Si mon trépas luy peut rendre la liberté.

D E B O R A.

Et bien, allons Barac, je marche sur vos traces
Terminons de Jacob les honteuses disgraces;
Il faut que l'on publie aux siecles reculez,
Les ennemis de Dieu s'estoient tous rassemblez,
A son peuple, à luy-mesme, ils déclaroient la guer-
          re,
Leurs soldats inondoient la face de la terre;
De vrais adorateurs un reste généreux,
A fait fuir, à rompu leurs bataillons nombreux;
Sisara, la terreur & la honte dans l'ame,
Fugitif, est tombé sous la main d'une femme;
Une femme a lavé l'opprobre d'Israël.

S C E N E   III.

D E B O R A, J A H E L, B A R A C, H A B E R, E L I A B.

A M R A M.

MAdame, il faut haster le départ de Jahel;
Sisara, quand le jour cessera de nous luire

Au Fort de Bétfara doit la faire conduire.

HABER.

Au Fort de Bétfara ! quel seroit son dessein ?
Sa trahison, Amram, éclateroit en vain,
Bétfara m'appartient.

AMRAM.

Il s'en est rendu maistre,
Seigneur, & vos soldats en sont chassez.

HABER.

Le traistre ?

DEBORA.

Et qui de ses complots à pû vous avertir ?

AMRAM.

Axa.

BARAC.

La croyez-vous ?

AMRAM.

Je croy son repentir ;
Ce qu'elle dit, d'ailleurs, n'est que trop vraisem-
blable,
On voit…

JABEL.

Ah ! tout concourt à la rendre croyable,
à Haber.
On veut nous séparer, Seigneur.

HABER.

Ne craignez rien,

D'EBORA,

Mon bras assûrera vostre sort & le mien,
C'est trop long-temps souffrir l'audace d'un perfide.

DEBORA.

Oüy Seigneur, il est temps que la gloire nous gui-
de ;
Mais qu'un peu de prudence arreste encor vos pas.
Je vais avec Barac, rejoindre nos soldats,
Eliab nous suivra ; quatre de nos cohortes
Reviendront avec luy s'approcher de ces portes,
Et jusqu'en nostre camp ameneront Jahel :
Ainsi, devant la nuit, sortie hors de Béthel,
Nostre Tyran verra son projet se détruire,
Et jusques en Silo nous la ferons conduire.
Vous Amram, deffendez contre nos ennemis
Les postes qu'en ces murs à vos soins j'ay com-
mis.

à Haber.

Pour vous Seigneur, de peur qu'une trop prompte
absence,
Ne vous fist soupçonner de quelque intelligence,
Ne partez pour aller joindre vos Cinéens ;
Que quand Jahel sera loin des Cananéens ;
Par des avis secrets vous apprendrez le reste ;
Allons ; attendons tout de la bonté céleste,
Adieu, Seigneur, songez en suivant nos desseins,
Que le sort des Hébreux est remis en vos mains.

SCE.

SCENE IV.
JAHEL, HABER.

HABER.

AH ! si de tout mon sang dépend leur destinée,
Ils peuvent, à ce prix, l'attendre fortunée ;
Mais, que ne dois-je point Madame, à vos bon-
tez,
Mes offres & mes vœux ne sont plus rejettez,
Jahel daigne approuver ce que je fais pour elle,
Et du don de sa foy veut couronner son zelle ;
Cependant quels ennuis dans mon sein renaissans,
Meslent de l'amertume aux plaisirs que je sens ?
A peine, en ma faveur, vostre cœur se déclare,
Que tout prêts d'estre unis, il faut qu'on nous sé-
pare,
Et que le mesme jour qui comble tous mes vœux,
Soit placé dans le rang de mes jours malheureux.

JAHEL.

Plaignez, Seigneur, plaignez mon destin déplora-
ble ;
Car enfin, plus que vous la fortune m'accable,
Et je succomberois à mes cruels ennuis,
Si vous estiez à plaindre autant que je la suis.
Conduite dans Silo, lieu sacré, lieu terrible,
Où du Saint d'Israël la présence est sensible,

F

Loin des lieux où la guerre a répandu l'effroy,
Vous n'aurez deformais rien à craindre pour moy ;
Mais de quelle terreur vais-je partir faifie ?
Eh ! qui me répondra, Seigneur, de voftre vie ?
Je vais lever mes mains vers le Dieu des combats,
Je le conjureray de conduire vos pas ;
Mais qui fçait devant luy fi je trouveray grace ?
S'il voudra détourner le coup qui nous menace ?
Et fi me féparant d'avec vous en ce lieu,
Je ne vais pas vous dire un éternel adieu.

H A B E R.

Et qui peut vous donner cette trifte penfée ?
Rappelez de ce cœur la fermeté paffée.

J A H E L.

Ah ! que loin du péril, on fe croit de vertu,
Et que le plus grand cœur eft bientoft abbatu :
L'inftant funefte approche où la trifte Judée,
Sous des ruiffeaux de fang va fe voir inondée ;
La mort, de toutes parts, s'apprefte à vous frap-
    per ;
Quels troubles, loin de vous, hélas ! vont m'occu-
    per !
Non que cachant ma crainte & dévorant mes lar-
    mes,
Je ne puffe à vos yeux dérober mes allarmes,
Si je me connoiffois le dangereux pouvoir,
De vous faire un inftant trahir voftre devoir ;

La vertu dans voſtre ame, eſt toûjours la maiſtreſ-
   ſe;
Eh ! que pourroit de vous éxiger ma foibleſſe !
Voudrois-je retarder, ou retenir vos pas ?
Non, Seigneur, plaignez-moy, mais ne m'écou-
   tez pas;
Suivez la noble ardeur que vous donne un ſaint
   zelle;
Vivez; mais couronné d'une gloire immortelle;
Car enfin, & ma vie, & la voſtre Seigneur,
Me ſont d'un moindre prix encor que voſtre hon-
   neur :
Pardonnez ſeulement des frayeurs, qu'à ma honte,
Je n'oſe me flatter que ma raiſon ſurmonte,
Et prenez quelque part à des maux dont mon cœur
Pour la premiere fois, à ſenti la rigueur.

H A B E R.

Ah ! vos maux ſont les miens, n'en doutez point,
   Madame,
Je ſens tous vos tourmens, ils déchirent mon ame;
Mais c'eſt peu de vous plaindre, & de les partager,
J'eſpére les finir, Madame, & vous venger.
J'en croy du Dieu vivant l'immuable parole,
Et preſt à vous quitter, cet eſpoir me conſole;
N'en doutons point, Jahel, il comblera nos vœux,
Il protége ſon peuple, il approuve nos nœuds;
Il ſçait de ſes eſlûs écarter la tempeſte.

F ij

JAHEL.

Cependant je vous quitte, & le combat s'apprefte ;
Je crains tout, tout m'allarme, & me glace d'effroy.

HABER.

L'éternel eft pour nous ; que craignez-vous pour
    moy ?

JAHEL.

Puiffe-t-il aujourd'huy veiller fur voftre vie !

HABER.

Efpérons, le fuccés va paffer noftre envie.

JAHEL.

J'ofe attendre du ciel la fin de nos malheurs.

HABER.

Ceffez , s'il eft ainfi, de me montrer vos pleurs.

JAHEL.

Et devant qui Seigneur , puis-je donc les répandre ?
Qui prendroit à mes maux un intéreft plus tendre ,
Quel autre, de mon fort, peut m'adoucir les coups,
Que celuy que déja je regarde en époux ?
Interdite, accablée , en proye à tant d'allarmes ,
Pouvez-vous condamner mes innocentes larmes !
Que dis-je ! vous, Seigneur , vous qui me raffû-
    rez ,
Accablé , comme moy , vous-mesme vous pleu-
    rez !

SCENE V.

JAHEL, HABER, ELIAB.

ELIAB.

PArtons ma fille, allons, le Ciel nous favo-
rife;
Amram a fecondé noftre heureufe entreprife;
Et, prés de ce Palais, mille de fes foldats,
Jufque dans noftre camp vont efcorter nos pas.
Je voy, Seigneur, quelle eft fa douleur & la vof-
tre;
Je conçoy vos regrets, je vous plains l'un & l'au-
tre,
Mais enfin tout eft preft, ne perdons point de
temps.

HABER.

Ah ! Seigneur, demeurez encor quelques inftans :
Attendez que Jahel, moins trifte, & moins trou-
blée,
Sous fa vive douleur ne foit plus accablée.

JAHEL.

Nous l'augmentons, Seigneur, en nous plaignant
tous deux;
N'irritons point des maux, déja trop rigoureux;
Je fens que ma prefence accroift voftre triftesse,
Vous avez trop long-temps partagé ma foiblesse,

Voftre gloire jaloufe a dû s'en offenfer,
Et je rougis des pleurs que je vous fais verfer.
Adieu, Seigneur.

H A B E R *feul.*

Grand Dieu ! vien venger noftre injure ;
Détruis tes ennemis, purges-en la nature,
Renverfe d'un Tyran les complots odieux,
Que ta main foit fur luy.... mais il s'offre à mes
yeux.
A ma jufte fureur mon ame s'abandonne.

S C E N E VI.

S I S A R A, H A B E R, Gardes.

S I S A R A *à un de fes Gardes.*

Allez, éxecutez l'ordre que je vous donne,
Et qu'on vienne, en fecret, m'en rendre
compte icy.

à Haber.

Je vous cherchois, Seigneur : je veux eftre éclairci
D'un bruit que contre vous on répand dans l'armée,
Et qui doit importer à voftre renommée.

H A B E R.

Les bruits que font courir mes ennemis jaloux,
Pourroient fur eux peut-eftre attirer mon courroux :
Mais vous-mefme Seigneur, apprenez-moy de grace,

Sur quel ordre du Roy, pourquoy, par quelle au-
    dace,
Vos foldats violants les droits les plus facrez,
Du fort de Bétfara fe font-ils emparez ?

SISARA.

Vous m'étonnez, Seigneur, de tenir ce langage.
Jamais un allié prit-il pour un outrage,
Des fecours, par lefquels fon païs raffermi,
Ne craint point les efforts du commun ennemi ?
Voulez-vous, par ces mots, me contraindre de
    croire
Que c'eft avec raifon qu'on flétrit voftre gloire ?
Que vous quittez mon Roy pour vous joindre aux
    Hébreux !

HABER.

Quand je vous quitterois pour m'unir avec eux,
De quel crime envers vous pourrois-je eftre coupa-
    ble ?
Ay-je époufé contre eux, voftre haine implaca-
    ble ?
Et vous ay-je promis, en marchant fur vos pas,
Que je me chargerois de vos affaffinats !
Vous veniez, difiez-vous, prendre avec moy ven-
    geance,
De ces peuples fouftraits à voftre obéiffance ?
Vous les trouvez tremblants, foumis à voftre Roy ;
Que leur demandez-vous ! qu'éxigez-vous de moy?

Loin de fe révolter, la crainte eft leur partage,
Et leur foumiffion d'avec vous me dégage.

S I S A R A.

Dites, qu'un intereft que vous voulez cacher,
A leur fort, dés long-temps, à fçû vous attacher ;
Un guerrier tel que vous, s'avilit par la feinte,
Et les déguifemens font les fruits de la crainte.
Avoüez le penchant qui vous rend criminel,
Et que vous immolez voftre gloire à Jahel.

H A B E R.

Qu'entens-je ? & de quel front m'ofez-vous faire
    un crime,
D'une innocente ardeur, d'un projet magnanime ?
Vous, qui ne vous armez que dans l'affreux def-
    fein,
De contraindre Jahel à vous donner la main ?
Vous ! qui de fes refus, preft à punir l'outrage ;
Voulez remplir ces lieux de meurtres, de carnage !
Et bien ; foyez inftruit du parti que je prens.
Je ne fçay point marcher fur les pas des Tyrans.
Je défendray Jahel contre voftre entreprife ;
Sa foy, par les Hébreux, vient de m'eftre promi-
    fe...

S I S A R A.

C'eft peu que les Hébreux veuillent vous l'accor-
    der,
Seigneur ; c'eft à mon Róy qu'il faut la deman-
    der :

Quand j'auray de Jacob exterminé les restes,
Et consommé sur eux ses vengeances funestes,
Quand Jahel, triste objet des plus affreux revers,
Verra son rang flétri par la honte des fers,
Cet orgueilleux, Haber, qui maintenant nous bra-
ve,
Mandiera prés de nous la main de nostre esclave,
Et si nous le trouvons plus doux & plus soumis,
Peut-estre cet honneur luy sera-t-il permis.

HABER.

Avant qu'à cet excés..... mais ces projets frivol-
les,
Vaines illusions, se perdront en paroles.
Le jour est encor loin, où contraint....

SISARA.

Ces projets
Sont aisez à remplir, & touchent au succés.
Je sçay qu'un vain espoir soutient vostre courage,
Que vous croyez, Jahel, échappée à l'orage
Qu'elle fuit ; mais. ... on vient, vous serez mieux
instruit.

S C E N E VII.

S I S A R A, H A B E R, G A R D E S.

Un Garde.

SEigneur jufques à vous mon zéle m'a conduit.

SISARA.

Parlez.

LE GARDE.

On m'a chargé pour vous de cette lettre,
Et ce n'eft qu'en vos mains que je dois la remettre;
Vous eftes obéi, vos vœux font éxaucez.

HABER à part.

Jufte Ciel ! qu'a-t-il dit ! je fremis.

SISARA au Garde aprés avoir lû.

C'eft affez.

à Haber.

Je vous l'avois prédit ; le fort vous eft contraire,
Mes foldats ont furpris, & Jahel, & fon Pere,
Tous deux vont éprouver ce que peut mon cour-
　　roux,
Et déja leur efcorte à péri fous nos coups.
Barac & Débora, prennent en vain la fuite,
Contre eux, de nos guerriers, j'ay fait marcher l'é-
　　lite.....

HABER.

Craignez donc ma fureur ; jo vole à leur fecours.

SISARA.

Demeurez , & tremblez vous-mesme pour vos
    jours ;
Par l'ordre de mon maiftre icy je vous arrefte.

HABER.

Moy !

SISARA.

Vous. Vous répondrez au Roy fur voftre tefte,
De ce qu'entreprendront vos foldats contre moy.
Faites leur ordonner de me garder leur foy ,
Ou Jahel elle-mefme en fera la victime ,
Et fon fang à vos yeux expiera voftre crime.

HABER.

Acheve donc, Perfide ! & me perçant le flanc,
Rends moy du moins l'honneur que tu dois à mon
    rang ;
Que ma mort, ou la tienne.. . ,

SISARA.

                    Et que prétens-tu faire !
Crois-tu qu'à ta fureur je doive fatisfaire?
Ton fang , pour le verfer , eft-il de quelque prix !
Inutile , que dis-je ! à charge à tes amis :
Si ton cœur , fans efpoir , s'abandonne à la rage
Si contre tes malheurs , tu manque de courage,
Ta mort eft en tes mains , tu peux me prévenir :
Cependant , je veux bien moy-mefme te punir.
J'accepte ton deffi. *aux Gardes.* Vous, pour gar-
    der ces portes ,

Que l'on faſſe avancer une de mes cohortes,
Et que l'on laiſſe Haber libre dans ce Palais.

à Haber.

Je reviendray bientoſt répondre à tes ſouhaits,
Un refus obſtiné ſoüilleroit ma mémoire ;
Quand j'auray ſatisfait à mon Prince, à ma gloire,
Tu verras, te cherchant moy-meſme en ta priſon,
Que je ne craindray pas de te faire raiſon.

H A B E R ſeul.

Grand Dieu ! puis-je ſurvivre au malheur qui m'ac-
    cable !
O honte ! ô déſeſpoir ! ô revers effroyable !
Jahel eſt dans les fers, les Hébreux vont périr !
Meurs Prince malheureux, ou va les ſecourir ;
Romps toy-meſme les nœuds d'un honteux eſcla-
    vage :
Oüy c'eſt trop endurer qu'un perfide m'outrage,
Ouvrons-nous un chemin juſques à mes ſoldats,
Où que mes ennemis payent cher mon trépas.

ACTE

ACTE V.

SCENE PREMIERE.

AXA, ZÉLIDE.

Axa.

TU dis que Débora, furprife dans fa fuite,
Bientoft par nos foldats icy fera conduite,
Qu'on va la ramener captive en ce Palais !

Zélide.

Oüy ; mais Barac, Madame, à trompé nos fou-
haits :
Il a joint fes foldats ; Haber, par fon courage,
fur fes gardes meurtris s'eft ouvert un paffage,
Tandis que fecondé d'un peuple furieux,
Voftre Pere eft venu l'arracher de ces lieux.

Axa.

Ces foibles contretemps me caufent peu d'allarmes,
Zélide ; j'attends tout du fuccés de nos armes ;
Les rebelles Hébreux ne peuvent échapper,
Et nos troupes par tout les vont envelopper ;
C'en eft fait, je vais voir ma vengeance affouvie ;

G

Mais, Zélide, as tu bien satisfait mon envie?
Les Hébreux sçavent-ils que c'est à Béthsara
Que l'on conduit Jahel?

Z E' L I D E.

Ouy, Madame, & déja
Pour l'aller délivrer, six cens hommes d'élite
Ont de ses ravisseurs entrepris la poursuite.

A x A.

Tout flate mes desirs, quatre mille soldats,
Zélide, de Jahel accompagnent les pas;
Celuy qui les conduit gagné par mes largesses,
Va signaler pour moy son zéle & ses promesses,
Se laisser attaquer, & pendant le combat
Mériter mes bienfaits par un assassinat,
Immoler ma rivale à ma juste colere,
Massacrer à la fois & la Fille & le Pere,
D'une honte éternelle accabler les Hébreux,
Leur imputer ce meurtre & le venger sur eux;
J'ay fait ce que j'ay pû pour m'épargner un crime;
Mais puis qu'enfin nos Dieux me livrent ma victi-
me,
Puisqu'ils veulent sa mort, dois-je la refuser!
C'est le Ciel, plus que moy, qu'il faut en accuser:
Quoyque pour mon bonheur ma fureur entrepren-
ne,
Je puis... Mais j'apperçoy Débora qu'on amene.

SCENE II.

DE'BORA, AXA, ZE'LIDE, Gardes.

AXA.

MAdame, permettez que dans voſtre mal-
 heur,
Je faſſe devant vous éclater ma douleur,
Que pour tout Iſraël je vous montre mes craintes.

DE'BORA.

Sur quoy nous jugez-vous ſi dignes de vos plain-
 tes !
Nous adorons un Dieu dont la puiſſante main,
N'a beſoin, pour frapper, d'aucun ſecours humain,
Qui du plus haut des cieux peut lancer le tonnerre,
Et ſous nos ennemis faire écrouler la terre.

AXA.

Madame, cependant, ſi j'oſois aujourd'huy
Auprés de mon époux vous offrir un appuy...

DE'BORA.

Et me croyez-vous l'ame aſſez foible, aſſez vile,
Pour vouloir m'appuyer ſur un roſeau fragile,
Qui pourroit en éclats ſous moy ſe dérober,
Et me percer la main en me faiſant tomber ?

AXA.

Contre moy, dés long-temps, vous eſtes préve-
 nuë,

Et jufques à préfent je vous fuis inconnuë,
Mais, Madame, dans peu vous me connoiftrez
     mieux.

D E' B O R A.

Vous renoncez, dit-on, au culte des faux Dieux ;
Je le fçay, mais tremblez fi voftre ame infidéle,
A cru nous ébloüir par l'éclat d'un faux zéle.
Dieu fe plaift à brifer ces fépulchres blanchis,
Qui de l'éclat du jour fe croyant affranchis,
Et de la pureté confervant quelques ombres,
Cachent la pourriture en leurs entrailles fombres.
Craignez la verité prefte à luire à nos yeux ;
Car enfin l'éternel va s'armer dans les cieux,
Nos malheurs vont finir, nos craintes font ceffées,
Sa foudre va partir, fes fleches font lancées,
La terre à fon afpect frémit d'un faint effroy,
Je le fens, il m'éclaire, il s'empare de moy ;
Va, cours, pourfui Barac, achéve, immole,
     frappe,
Qu'ils meurent fous tes coups, qu'aucun d'eux ne
     t'échappe ;
Allez, Haber. Amram redoublez vos efforts.
Je voy nos champs couverts de carnage & de
     morts.
Lévites préparez des cantiques de joye.
Nephtali, Zabulon, ont dévoré leur proye.
Béni fois-tu Barac ! fois bénie ô Jahel !

Et toy, Dieu des combats, deffenseur d'Israël.
Puissent ainsi périr tes ennemis perfides ;
Ils croyoient consommer leur projets homicides,
Sur leur nombre effrayant ils fondoient leur or-
  gueil,
Ils sont tous renversez, ils tombent au cercüeil,
Comme on voit sous la faux du moissonneur ha-
  bile,
S'abbatre des épics l'assemblage fragile.

AXA à part.

Quelle horreur, malgré moy, s'empare de mon
  cœur.

DÉBORA.

J'entends déja, j'entends approcher le vainqueur.

AXA à part.

C'est mon Pere, grands Dieux !

SCENE III.

DEBORA, AXA, AMRAM.

AMRAM.

Nous triomphons, Madame ;
Nos peuples à la joye abandonnent leur ame,
Cette ville est sauvée, & nos fiers ennemis
Sont malgré leurs efforts immolez ou soumis.

G iij

A X A *à part.*

Qu'entends-je, juste ciel !

A M R A M.

Haber comblé de gloire,
A remporté pour nous cette illustre victoire ;
A la teste des miens affrontant le trépas,
Il a porté l'horreur & la mort sur ses pas,
Rien n'a pû résister, & non content encore
Du triomphe immortel dont sa valeur l'honore,
Jusqu'au camp de Barac, il a voulu voler,
Par de nouveaux exploits prest à se signaler ;
Mais il joindra trop tard & Barac & l'armée ;
De toutes parts déja la nouvelle est semée,
Que les Cananéens glacez, saisis d'horreur,
Ont enfin éprouvé nostre juste fureur,
Que de leur sang impur on voit la terre empreinte.

A X A *à part.*

Malheureuse !

A M R A M.

Je n'ay qu'un seul sujet de crainte.
Contre les ravisseurs de la triste Jahel,
J'ay fait partir tantost des troupes de Béthel ;
Des bruits, quoique confus, me font trembler pour
elle,
On parle d'assassins, de trahison cruelle . . . .

D E' B O R A.

Ne nous allarmons point, Amram, sur un faux bruit ;

J'espere que dans peu vous serez mieux instruit :
Je vois Barac.

SCENE IV.

DE'BORA, AXA, BARAC, AMRAM.

DE'BORA à *Barac.*

EH bien ! tout flatte nostre envie !

BARAC.

Madame, nos tyrans sont captifs, ou sans vie.
Tous ces flots d'ennemis mûgissants de courroux,
Se sont, comme un torrent, écoulez devant nous,
Et ceux qui n'ont pû fuir, criminelles victimes,
Ont reçû par nos mains la peine de leurs crimes.
La grêle, les éclairs, les vents impétueux,
Ministres du tres-haut, ont combattu contre eux,
Enfin Jacob remporte une entiere victoire.

DE'BORA.

Et Jahel ?

BARAC.

Elle vient d'éterniser sa gloire,
Elle est victorieuse, & le Dieu des combats
Pour punir Sisara, s'est servi de son bras.

DE'BORA.

De son bras ! & quels coups en pourrions-nous attendre ?

BARAC.

J'ay tout fçû de fon Pere, & vous allez l'apprendre.

Vous fçavez que tantoft le traître Sifara
Les faifoit emmener au Fort de Béthfara ;
Mais, quoy qu'environnez d'une efcorte nombreu-
fe,

Six cens Hébreux remplis d'une ardeur généreufe,
Volent, viennent frapper ces ravifleurs cruels,
Et font de toutes parts pleuvoir des traits mortels.
Tandis qu'en leur faveur leur courage décide,
Quatre affaflins gagnez par une main perfide,
Tentent contre Jahel le plus affreux deffein,
Et vont, le bras levé, pour luy percer le fein.
Eliab, agité d'une frayeur mortelle,
Saifit un coutelas, fe jette au-devant d'elle,
Lui fert de bouclier, brife leurs javelots,
Et la deffend en pere, en foldat, en héros ;
Tous quatre font frappez de fa main vengerefle,
Et ne fongent qu'à fuir le péril qui les prefle.
Dans cet inftant fatal, nos mortels ennemis
Par un fecours puiffant fe trouvent raffermis,
Sifara vient luy-mefme, & faifi d'épouvante,
Fait conduire Eliab & Jahel dans fa Tente,
Pendant qu'un bois voifin offre aux fix cens Hé-
breux
Pour foutenir le choc, un lieu moins dangereux ;

Sifara voit par là retenir son audace ;
Mais bientoft affligé par une autre difgrace,
Il apprend que fuivis de braves Cinéens,
Nos foldats font tombez fur les Cananéens,
Que tout fuit ; il s'irrite & vient en diligence
Aux lieux où le péril éxige fa préfence.
Il paffe de Cifon le rapide torrent ;
Le defordre des fiens le frappe, le furprend ;
Il s'étonne, il fe trouble, il retourne en arriere,
Repaffe le Torrent, s'en fait une barriere,
Le borde de foldats, de bagages, de chars,
Et du fein de la terre éleve des ramparts.
Il ordonne à fes Chefs de garder ce paffage,
Et fentant affoiblir fa force & fon courage,
Il marche vers fa Tente, & veut dans ce malheur,
Cacher à leurs regards fa honte & fa douleur ;
Quelque tems, fans témoins, il veut que l'on le
        laiffe.
Eliab & Jahel remarquent fa foibleffe,
Mais à peine à leurs yeux s'eft-il pû dérober,
Qu'ils l'entendent gémir, foupirer, & tomber :
D'un defir curieux Jahel alors émüe,
S'avance : & quel objet fe préfente à fa vüe !
Sifara renverfé, fans voix, fans mouvement,
Et qui fembloit plongé dans l'affoupiffement.
D'une fainte fureur. Jahel alors frappée,
S'approche, & ne trouvant, ni d'armes, ni d'épée,

Arrache l'un des fers qui dans terre cachez,
Tenoient du pavillon les angles attachez,
Prend en main le marteau, s'approche avec furie,
Pose le fer aigu sur cette teste impie,
Frappe, redouble, acheve, & vengeant l'Eternel,
Immole sous ses coups l'ennemi d'Israël.

A X A.

Il est mort !

A M R A M.

Jour heureux !

D E B O R A.

Dieu puissant ! quelle gloire !

B A R A C.

Cependant en tous lieux guidez par la Victoire,
Aux efforts des Hébreux tout céde, tout se rend.
Nous forçons l'ennemi, nous passons le Torrent ;
On veut en avertir Sisara dans sa Tente,
On le trouve étendu sur la terre sanglante.
Ses soldats consternez poussent d'horribles cris.
Le désespoir, l'effroy, troublent tous les esprits.
L'Eternel achevant de leur livrer la guerre,
Fait pleuvoir son courroux, fait gronder le tonner-
     re,
L'air retentit au loin d'affreux mugissemens,
Et la terre y répond par ses frémissemens ;
Enfin nul ennemi n'arreste nostre armée.
J'arrive au lieu sanglant où de zéle animée,

Jahel vient d'immoler un Tyran odieux :
Son Pere, partageant nos efforts glorieux,
Veut suivre les fuyars, & me remet sa Fille.
La joye à son aspect, sur les visages brille :
Tout le peuple empressé la suit avidement,
Le soldat la regarde avec étonnement.
Les femmes, les vieillards, les enfans la bénissent,
Et dés qu'elle paroist, tous les cœurs s'attendrissent,
Les Vierges d'Israël, qui retardent ses pas,
La baignent de leurs pleurs, la pressent dans leurs
    bras ;
Ainsi, Madame, ainsi le Ciel qui vous inspire,
Tantost, par vostre bouche, a daigné nous le dire,
Une femme a lavé l'opprobre des Hébreux.

DEBORA.

Dieu puissant ! tes bontez ont surpassé nos vœux.
Des enfans de Jacob l'espérance est comblée,

AXA à part.

Eh bien ! Dieu des Hébreux ! suis-je assez acca-
    blée ?

DEBORA.

Vous soupirez, Madame ! & plaise à l'Eternel
Que ce triste soupir ne soit pas criminel ?

AMRAM.

Jugez mieux de son cœur, elle voit avec joye
Les biens que dans ce jour nostre Dieu nous en-
    voye,

A x a.

Quel jour ?

A m r a m.

Oüy, déteſtant aujourd'huy voſtre erreur ....

A x a.

Qu'il périſſe plutoſt ce jour rempli d'horreur,
Ou que voüé du moins à l'affreuſe triſteſſe,
Les ombres de la mort l'environnent ſans ceſſe ;
Que ſon retour ſuivi de douleur & d'effroy,
Puiſſe vous rendre tous plus malheureux que moi.

D é b o r a.

Juſte Dieu !

A m r a m.

Quoy, perfide ....

A x a.

　　　　　Il n'eſt plus tems de feindre,
Un cœur déſeſperé ne doit plus ſe contraindre,
Victime en proye au Dieu qui regne dans ces lieux,
Son culte, ſon pouvoir, ſon nom m'eſt odieux ;
Je déteſte famille, amis, peuple, patrie ;
J'eſpérois que bientoſt, au gré de ma furie,
Mon Epoux immolant le dernier des Hébreux,
Alloit de ce païs faire un ſepulcre affreux ;
C'eſt pour remplir ma haine, à moy ſeule fatale,
Que l'on devoit tantoſt poignarder ma rivale ;
Mais voſtre Dieu cruel inſtruit avec effroy
Ceux qui voudroient un jour le braver comme
　　moy.　　　　　　　　　　　　　　　　　Je

Je-fens fur mes forfaits fa main appefantie.
Qu'il triomphe ce Dieu ; je renonce à la vie ;
C'eft fervir trop long-temps d'objet à fon cour-
    roux,
Et je fçay le moyen d'en parer tous les coups.

               Elle fort,

A M R A M.

Malheureufe...

D É B O R A.
Calmez une vaine colere...

A M R A M.
Ah, Madame ! plaignez un miférable Pere ;
C'eft moy qui l'uniffant à l'infidélité,
Suis refponfable au ciel de fon impiété.

D É B O R A.
La faute qu'on répare eft bientoft pardonnée.
Allez, fuivez les pas de cette infortunée ;
Calmez fon défefpoir, traitez la fans aigreur,
Sauvez-la, s'il fe peut, de fa propre fureur,
Tandis que, pleins de joye, & de reconnoiffance,
Nous recevrons Jahel que je voy qui s'avance.

SCENE V.

DE'BORA, JAHEL, BARAC.

DE'BORA.

Venez, ma fille ; enfin je puis donc à mon tour
Dans mes embraſſemens vous marquer mon
amour.
Vous avez ranimé noſtre gloire flétrie.
Honneur de voſtre ſexe & de voſtre patrie ;
De voſtre nom fameux l'éclatant ſouvenir,
Vous fera révérer des ſiecles à venir.

JAHEL.

D'une foible action rehauſſez moins la gloire.
Indigne des honneurs dûs à noſtre victoire,
L'éternel n'a daigné ſe ſervir de mon bras,
Que pour montrer qu'il fait le deſtin des combats :
Cependant au milieu de la commune joye,
A de juſtes frayeurs je ſuis encor en proye.
Mon Pere à pourſuivi les vaincus effrayez,
Mais contre luy, dit-on, ils ſe ſont ralliez,
Et s'il n'eſt ſecouru ſa perte eſt trop certaine.

SCENE DERNIERE.

DE'BORA, JAHEL, HABER, BARAC, ELIAB.

HABER à *Jahel*.

IL est vainqueur, Madame, & je vous le ramene.
Mon bras à secondé ses efforts glorieux,
Et renversé l'espoir de ces audacieux.

ELIAB à *Débora*.

Oüy, Madame, & d'Haber le courage & le zéle,
Nous viennent d'assûrer une gloire immortelle ;
De nos vains ennemis les restes sont domptez.
Mais parmi tant d'honneurs & de prospéritez,
Amram livre nos cœurs à de justes allarmes,
Et son sort à présent est digne de nos larmes.

DE'BORA.

Et quel malheur.....

ELIAB.

Sa fille, en sortant d'avec vous,
A vû le reste affreux de son superbe époux,
Ses armes, sa dépoüille en ces lieux apportée,
Sa teste avec opprobre, en triomphe portée.
A cet aspect saisie & de rage & d'horreur,
Elle n'a consulté que sa seule fureur,
Et de ce malheureux ayant trouvé l'épée,

Sans qu'on pût le prévoir, elle s'en est frappée.

Amram, qui la suivoit, précipite ses pas,

Crie, & vient, mais trop tard pour arrester son
      bras.

Il la trouve mourante à ses pieds abbatuë ;

De pitié, de tendresse alors son ame émuë,

Il la prend dans ses bras, la baigne de ses pleurs,

Et luy-mesme succombe à ses vives douleurs.

Venez tous l'arracher de cet objet funeste.

DE'BORA.

En vain on veut braver la colere céleste.

Ainsi périt l'impie au crime abandonné :

Mais allons secourir un Pere infortuné ;

Cependant préparons d'Augustes sacrifices,

Pour rendre grace au ciel de ses bontez propices,

Et que tous nos vainqueurs en ce jour solennel,

Soient témoins de l'hymen d'Aber & de Jahel.

FIN.